新

情

僧

錄

紅樓夢十二情僧——

蕭榮生　著

目錄

紅樓夢&情僧錄

序

‘紅樓夢’沒有被揭曉前是千頭萬緒、非常複雜、無所適從，能夠成功解讀‘紅樓夢’後，卻又非常輕鬆，很有成就感，‘紅樓夢’及其作者、續作者的問題，已都全部解決。

曹霑（曹雪芹）生於 1712 年 4 月 26 日[1]，父親是書中唯一的一個真名叫做曹（吳）天佑。

遠祖‘曹鍚遠’與紅樓夢書中的‘甄士隱’音型相

---

[1] 之前幾本書都認為是在 1727 年，其實那是抄家時的年份，最新研究認為 1712 年，才有機會讓作者做回富貴公子，才有能力寫作天下無敵的“紅樓夢”。

近，曹钖遠生有一兒子叫做曹振彥，被努爾哈赤的大兒子將軍阿濟格擄去做包衣，後來也當了將軍，由於男女不分，曹振彥是香菱，阿濟格性情粗暴是薛蟠原型。曹振彥也有二子，一是曹璽其妻奶過康熙，一是曹爾玉，生下曹宜，曹宜生曹天佑，然後過繼曹寅。曹霑性情聰明圓滑天才有加，是人都不能啟及的。文才高遠、藝風奪魄，雪芹要對‘石頭記’再創作成為‘紅樓夢’時，人人都推薦他，也只有他才行！曹雪芹也接受這份偉大光榮的挑戰，‘石頭記’內容，只是對社會、對賈府的如實陳述，只是能為一般讀者所滿足，而曹雪芹要把‘石頭記’變成奇峰突起，能影響世世代代的‘紅樓夢’，這就需要運用更多的方法、更大的力度‘十年辛苦不尋常’，以‘蒙太奇’手法，將原來故事加進不為人知絕密的特殊內容，即順治、康熙、雍正、乾隆、十二皇后（釵）、十二太子、十二情僧。那麼這些特別內容，還需要有‘風月寶鏡’這臺為‘紅樓夢’特別製造的儀器，用反面加以觀看，才能見到幾個皇帝圖騰的真面目，為此雪芹決定以一年時間，到曹頫身邊體驗生活，然後再去北京西山‘悼紅軒’裏創作壓世巨著‘紅樓夢’，這一決定又緣起於自己的堂弟曹棠村，因為其父親曹頫抄家，一家乞食為生，曹頫又傷了一只腳，去做了和尚，即是頗足道人，曹雪芹為度日艱難，而太早過世的堂弟曹棠村憂憤滿懷，神來之筆奮而寫成‘紅樓夢’，雖然與社會風氣有些須相違也顧不得許多了，以‘紅樓夢’一書眾朋友間傳抄傳看以紀念堂弟曹棠村。曹母的書信’這五個字非常非常重要珍貴，曹母的書信，使我們知道曹母有過上層貴族生活，懂禮儀認識公文這樣一位難得、完完全全能做（紅樓夢）續書的曹母。曹母的書信，在關健時空—似乎（紅樓夢）與曹家人幾乎斷線的節骨眼上出現，說明曹母仍有書信來往，可以假設她在‘紅樓夢’出版前後的喜慶日子當還健在，但也有其他可能。曹母的書信，激發眾親和親友直接出現在出版當日當地的場合，直接認證曹家曹府支撐和支持程高這個出版，換言之曹聖母的型像或書信，好象在向社會廣大民眾宣佈：‘程高的‘紅樓夢’是曹家曹府的產物，別的（續書）諸如雪塢、綺園、逍遙子續本都不是’。曹母的書信，肯放在程偉元萃文書屋並張揚出版出去，說明曹府曹家曹母對程高的器重。曹母在生時聖人兒子曹雪芹去世了，白髮人送黑髮人，這是多麼驚天動地、撕心裂肺啊！曹母最最知道兒子的大志、兒子的喜好，兒子一生的付出是把‘紅樓夢’出版出去，兒子曹霑（雪芹）在‘紅樓夢’裏只使用一個書號‘曹雪芹’，這理所當然是‘紅樓夢’裏的一個唯一記號，讓眾閱者記誦使用，‘曹雪芹’這三個字已是‘紅樓夢’的重心和重點語言，別的字元包括名字，已都不能使用，曹聖母在‘紅樓夢範疇’只能有和只能使用兒子生前使用的動作（名稱）‘曹雪芹’，這樣即順便又安全，而無需隨意改變為‘曹霑’，改變了就是錯了的，就會進入文學深邊的誤區。曹母的書信和三百來年程高版的流傳，強烈說明瞭曹母是最後策劃出版和擁有程高版權的最佳最合適人選，是繼承和擁有兒子曹霑（雪芹）事業及程高版‘紅樓夢’的絕對版權的經紀人。

曹聖母（脂硯齋）

曹聖母（脂硯齋）是曾經擁有明朝著名人物薛素素的一方叫做‘脂硯齋’硯臺寶物，所以筆名就叫做‘脂硯齋’，而在‘紅樓夢’出版時有‘書信’，直接說明瞭曹母是有知識，知識商數還很高，雖然我們沒看到信的內文，但從‘紅樓夢’出版的超前規模、頂尖場合，卻在醒目位置，出現了這封書信，說明萃文書屋出版人程偉元，想以曹母的書信增加書屋出版書的價值和榮光，使文化出版人的地位更上一層樓，就此一件事，我們已略略能窺見曹母的文化修養和高質素。

聖母（脂硯齋）的模樣和对‘红楼梦’的作用，可通過努爾哈赤的直系傳人‘紅’學家裕瑞的話，大致描述出她的影像。裕瑞的話大意是說：程高出版（紅樓夢）時又用到'曹母的書信'來熱評排場…。對比一下'紅樓夢'裏面的脂硯齋，給人的第一印象，哈！很像是個女的，她不用號，或者說是女人沒有號，而用筆名'脂硯'做為筆名，脂硯是女人的用品，'齋'則是有化粧室化妝會的感覺，甚至'脂硯齋'這塊琇小的實物，上世紀博物館裏還見得到，'脂硯齋'她不是女人是誰？'紅'學家周汝昌也認定她是個女的。是不是女的咱們來剖析一下：首先有筆名，沒有名字、沒有呼'號'，這是其一。起的筆名'脂硯齋'像女兒名，這是其二。一般女子說起話來都是有聲有色、韻味飛揚，聲音充盈其耳，看看這個脂批：【甲戌眉批：事則實事，然亦敘得有間架、有曲折、有順逆、有映帶、有隱有見、有正有閏，以致草蛇灰綫、空穀傳聲、一擊兩鳴、明修棧道、暗渡 陳倉、雲龍霧雨、兩山對峙、烘雲托月、背面敷粉、千皴萬染諸奇書中之秘法，亦不復少…】哈！這段話女性味太強了，誰還分辯不出？這是其三。裕瑞是努爾哈赤的直系傳人，但因為犯了事被圈禁，他說的許多話有很多不定詞，比如‘可能’、‘不知是’、‘聽姻親講’等等，裕瑞的話大部分不可信，但有些器物動作型的話，卻是可信的，你比如：‘曹母的書信’、‘⋯脂硯齋是其叔輩，非作者自傳’。‘曹母的書信’，我們先放在一邊，下麵會再談到，但他說脂硯齋是叔是男性，不對啊！分明是女性名字和女性用品嘛！這我們前面已經分析了，在批語裏面就有人直呼曹雪芹，分明‘脂硯齋’是寫在書的最醒目位置，親友卻沒有人直呼脂硯齋，以至作者曹雪芹的要好朋友圈，如敦敏、敦誠、張宜泉⋯都知道曹雪芹寫書也有批書者是脂硯齋，但都沒有人提到‘脂硯齋’的大名，或者記下她的大名‘脂硯齋’，這說明舊社會規制下的男女有別，男女隔著一條牆的原因。但裕瑞說的‘叔輩’，我們可以利用一下，把‘叔輩’換成‘前一輩’後，這一句話，倒有他的正面價值，是可取的，因為曹母（脂硯齋）就是曹雪芹的前一輩，假如我們生活在當年去評論野史文物，躲避社會鋒芒，口若懸河，一字真一字假，當會更甚，不經證實的傳開去是有的。但這個前一輩卻可以拿來作證據。換言之裕瑞姻親大概是明琳、明儀在議論曹聖母吧！這也就是曹母有那麼大的權，‘石頭記一紅樓夢’每頁都有‘脂硯齋四閱再評石頭記’的來歷吧了，這是其四。而俗稱的一芹一脂，指的是一兒一母無疑了，這是其五。清朝的文人取號，男女也是有分的，越界或泛擬是會被人取笑的，比如曹霑是曹雪芹，明儀是我齋，敦誠是松堂，都是男性名號，而女人或是直呼名，或是取像‘脂硯齋’這種上下左右通盤都是女兒味的筆號，所以男人包括曹家的人，不會取‘脂硯齋’這樣的女人名為號的，‘脂硯齋’是名妓薛素素的硯臺遺物，曹母得到了，使用且作為齋名才更合情合理！趙若是男人使用這方小小硯臺，偷偷摸摸使用也算了，可不能又稱‘脂硯’又是‘齋號’，可不鬧大笑話！這是其六。曹母、雪芹書裏面有沒有依據呢，有的，那就是李紈賈蘭，曹雪芹和賈蘭，功成名就後都早逝，命運豈不相同可看做一人。這是其七。好了還可以舉例好多，而其他關於男女辨認的模糊點，只好運用‘紅樓夢’的獨特工具‘假作真時真作假，無為有處有還無’來證偽了，但就舉這七例已能解釋‘脂硯齋’就是女性、是母親、是曹母這一問題了，以上推論使我們得出一個真實、曲折、珍貴的結論：這‘石頭記’是曹聖母（脂硯齋）所寫的，冠名為‘脂硯齋重評石頭記’，繼而由兒子曹雪芹加以修改潤色成為‘紅樓夢’，但是因為按照歷史寫，有礙語和社會風暴太凶，無法如願出版的這樣一個情況存在著。

‘曹母的書信’，‘曹母的書信’這五個字非常非常重要珍貴：（1）曹母的書信，使我們知道曹母有過上層貴族生活，懂禮儀認識公文這樣一位難得、完完全全能做（紅樓夢）續書的曹母。（2）曹母的書信，在關健時空─似乎（紅樓夢）與曹家人幾乎斷線的節骨眼上出現，說明曹母仍有書信來往，可以假設她在‘紅樓夢’出版前後的喜慶日子當還健在，但也有其他可能。（3）曹母的書信，激發眾親和親友直接出現在出版當日當地的場合，直接認證曹家曹府支撐和支持程高這個出版，換言之曹聖母的型像或書信，好象在向社會廣大民眾宣佈：‘程高的‘紅樓夢’是曹家曹府的產物，別的（續書）諸如雪塢、綺園、逍遙子續本都不是’。（4）曹母的書信，肯放在程偉元萃文書屋並張揚出版出去，說明曹府曹家曹母對程高的器重。曹母在生時聖人兒子曹雪芹去世了，白髮人送黑髮人，這是多麼驚天動地、撕心裂肺啊！曹母最最知道兒子的大志、兒子的喜好，兒子一生的付出是把‘紅樓夢’出版出去，兒子曹霑（雪芹）在‘紅樓夢’裏只使用一個書號‘曹雪芹’，這理所當然是‘紅樓夢’裏的一個唯一記號，讓眾閱者記誦使用，‘曹雪芹’這三個字已是‘紅樓夢’的重心和重點語言，別的字元包括名字，已都不能使用，曹聖母在‘紅樓夢範疇’只能有和只能使用兒子生前使用的動作（名稱）‘曹雪芹’，這樣即順便又安全，而無需隨意改變為‘曹霑’，改變了就是錯了的，就會進入文學深邃的誤區。（5）曹母的書信和三百來年程高版的流傳，強烈說明瞭曹母是最後策劃出版和擁有程高版權的最佳最合適人選，是繼承和擁有兒子曹霑（雪芹）事業及程高版‘紅樓夢’的絕對版權的經紀人。

而裕瑞的話大意又說：‘曹母在信中稱兒子的號曹雪

芹，而不直叫曹霑云云⋯'。但是通過這句話，明顯的顯示了裕瑞是一個空口說白話之人，他的話只能有 50％的可用性，也可能是被圈禁在家，腦袋不能正常思維，無法靠近會場，無法親身去體驗會場實況，無法知道曹府曹母的大手正在隱控著程高出版的全部過程和全部細節！所以不必太在意他的話，但是也解釋一下：'石頭記—紅樓夢'一書直至批語，作者或親友想告訴、能告訴的也只有這幾個：曹玉峰、曹天佑、脂硯齋、畸笏廋、曹雪芹、曹棠村、杏齋，前二個玉峰、天佑和後面的棠村是直接用真名，其他的只用代號，說明'紅樓夢'很忌用真名，連作者真名都不能有，即是這樣裕瑞先生，你怎麼好強迫一位好母親逾越險灘萬難、無中生有個'曹霑'出來，又加入到'紅樓夢'裏去，讓兒子曹霑承擔著經不起的繁重社會壓力，破壞且公開兒子的隱私及規制，暴兒子曹雪芹於眾矢之的呢嗎？！顯見裕瑞這句話不可取，其立論和邏輯不直一駁！曹母很知道因為社會風雲太凶，後四十回的故事太險太背，且文字激揚，所以長期擔閣著無法出版，曹母曾經借閱‘獄神廟五、六回’並扣住，又有書信要曹霑‘修改了吧’。但曹雪芹（曹霑）來不及改‘紅樓夢’就已去世，其他親友也都已相繼離世，曹母痛定之餘，為全兒子志向，為樹兒子旗號，決定自己動手來修改‘紅樓夢’，‘曹母的書信’就是提供了最佳的證據，前八十回無事，只把後四十回修平伏些、詞語修得溫淡和平些，出版時將會更加放心，更有存在的可信度，從而在世上發揮強大且應有的功能。‘紅樓夢’後四十回的和洽通順度、精彩激越度、文化光彩度，會次於原文，但是已管不了那麼多了，以是這位讓千年萬代頌德的曹聖母，就開始動手寫作了，最終完成了一百二十回‘紅樓夢’出版的最後環節—修改後四十回，‘紅樓夢’成功了，我

們勝利了，曹聖母笑得收不籠嘴，‘紅樓夢’終於以程
高版的樣式廣播在宇宙蒼穹人間。

曹霑（曹雪芹）生於 1712 年 4 月 26 日，爺爺曹寅，父親曹天佑，曹霑性情聰明圓滑，天才有加，是人都不能啟及的。文才高遠、藝風奪魄，他沒在宗人府入冊籍，所以冊簿裏找不到他的名字。事例硬是說明瞭做皇帝的好朋友，如同至親一般，凡事都好說，不必較真，睜一眼閉一眼就過去了。曹雪芹要對‘石頭記’再創作成為‘紅樓夢’時，人人都推薦他，也只有他才行！曹雪芹也接受這份偉大光榮的挑戰，‘石頭記’內容，只是對社會、對賈府的如實陳述，只是能為一般讀者所滿足，而曹雪芹要把‘石頭記’變成奇峰突起，能影響世世代代的‘紅樓夢’，這就需要運用更多的方法、更大的力度‘十年辛苦不尋常’，以‘蒙太奇’手法，將原來故事加進不為人知絕密的特殊內容，即順治、康熙、雍正、乾隆、十二皇后（釵）、十二太子、十二情僧。那麼這些特別內容，還需要有‘風月寶鏡’這臺為‘紅樓夢’

特別製造的儀器，用反面加以觀看，才能見到幾個皇帝圖騰的真面目，為此曹雪芹決定以一年時間，到曹頫身邊體驗生活，然後再去北京西山‘悼紅軒’裏創作壓世巨著‘紅樓夢’，這一決定又緣起於自己的堂弟曹棠村，因為其父親曹頫抄家，一家乞食為生，曹頫又傷了一只腳，去做了和尚，即是頗足道人，曹雪芹為度日艱難，而太早過世的堂弟曹棠村憂憤滿懷，神來之筆奮而寫成‘紅樓夢’，雖然與社會風氣有些須相違也顧不得許多了，以‘紅樓夢’一書在眾朋友間傳抄傳看以紀念堂弟曹棠村。

‘石頭記’在曹雪芹去世前已經改好成‘紅樓夢’，否則就不是‘披閱十載，增刪五次’的用詞了，但是有礙語又社會風雲太凶，所以只得難過的捨棄較危險的後四十回，只留下目錄，但仍沒有出版環境，因此，今天見到的‘紅樓夢’前八十回，是經過聖人、大才子曹雪芹完成的，去世後的後四十回在曹母（脂硯齋）手裏，是曹母修改且完成出版的‘紅樓夢’，努爾哈赤、阿巴亥的第 6 代孫子裕瑞見過‘紅樓夢’一百二十回原作。

以下是‘紅樓夢’副名‘情僧錄’的所有情僧：

情僧第一：福臨

話說當年努爾哈赤的大金國，人強馬壯、一支獨熾，雖然這樣，努爾哈赤卻也附出巨大代價的，他的弟弟因爭權被他圈禁，最終殺掉，他的大兒子褚英因亂了綱紀，也被他殺掉，他有幸的是娶到小他 30 多歲的美女阿巴亥，阿巴亥與妾生的代善偷情，這樣就傷了另一情敵皇太極，阿巴亥因此被用弓弩絞死（元春原型），陪葬努爾哈赤，這也算是努爾哈赤所附出的大筆代價，收到的些許補嘗吧。而後來皇子中拔尖較聰明者做了皇帝，這就是建立大清帝國者的皇太極，大清朝庭本是設在瀋陽皇宮，皇太極忽一日無病而逝，他生前並不喜歡正妻孝莊文，而是深愛著孝莊文的大姐海蘭珠，後來因為海蘭珠難產而死，多情的皇太極也就立馬去追海蘭珠魂魄了。剩下其異母弟阿巴亥的親兒子多爾袞和皇太極的大兒子豪格爭奪皇位，多爾袞的政治體系很強大，而豪格因為是皇帝派正系，所以也豪不相讓，兩強相鬥了一段時間，皆分不出勝負。但國家容不得一日無皇帝，雙方只得妥協，多爾袞正熱戀著皇太極遺孀孝莊文，所以，就極力促成擁選孝莊文的 6 歲兒子福臨做清朝第二任皇帝，大家按照協議辦，福臨上任時 1644 年即遷都北京，上有多爾袞主政，下有大臣議事，福臨基本上是個受氣傀儡皇帝，後來多爾袞還娶取了他的母親孝莊文，福臨如蒙大辱，但是他還處於弱勢，還無任何辦法，多爾袞死後十來年，福臨才命人把多爾袞挖出鞭屍，可見福臨當年是隱忍著多麼大的仇恨！

福臨後來行使皇權，但是略略能說得上話時，又上礙著母親孝莊文，下礙著正室皇后博爾吉濟特和諸大臣，擔延了幾年終是覺得這個皇位好難坐啊，有朝一日，福臨終於秘密宣佈，自己要上五臺山當和尚，眾人知皇上去意已定，難於回心轉意，請示了繼任人時，福臨說是任命還在讀書的炫燁，也就是後來的康熙，且欽定四大臣：索尼、遏必隆、蘇爾撒哈和鰲拜輔佐朝庭。屬下一紙官信通知了五臺山主持靈光僧人後，三把大轎輪流把福臨連夜抬上了五臺山。

'紅樓夢'裏對這個國家大事，也曾有描述，賈雨村在野外見到一寺，寺匾是：'身後有餘忘宿手，眼前無路想回頭。'且見裏面有一老僧，批語說是火氣、火氣。這就是福臨了，福臨在五臺山上聖廟裏，眾寺僧上上下下都對他很好，福臨沒有自恃身價，只以普通僧人自居，每天和大家一樣，持齋頌經、素餐麻衣。修身雖然苦點，但志氣彌堅，所以，一坐就是 70 來年，至 90 歲上才圓寂。

情僧第二：曹钖遠

曹雪芹就是曹钖遠的第五代孫，這個曹钖遠就是‘紅樓夢’書裏面描寫的甄士隱（甄即曹，而钖遠是‘士隱’的諧音），本來居住在蘇州城十裏街內，頗有家財、不負眾望，素有紳士之風，他認識了趕考的學生賈意存（雨村），認定他考試後必然成功成名，因此以金錢衣物贊助他，賈意存做人奸詐，得了銀子衣物歡喜之下，也沒有當面拜別就潛行而去。不出曹钖遠所料，果真賈意存投考後即金鎊提名，當上了京城知縣，忙忙的做官去了。

曹钖遠此時正遇到災難，也希冀不到賈意存的救濟。曹钖遠眼前只有一個女兒，叫做曹應念芳齡 3 歲，元霄之時，家下奴才後起帶去看花燈，因為人多擁擠，後起又要去方便，二下裏一閃失，走散了小女主人，後起嚇得跑了，钖遠一家漏夜找了二三天，女兒應念原來早已被拐子拐走了，所以再找不到！災禍連連，钖遠的家旁有一座小廟，小僧經常炸供燒香熱鬧，寺僧一不小心，火溢到外面，頓時成為不可收拾之勢，不出半個鐘，竟把整個屯落燒去十有八九，钖遠的家剎那間已經成了灰燼。钖遠痛盡之餘，也無可奈何，只得攜妻翁氏和一個小丫頭，到親戚丈人家躲避度日，誰知丈人見他狼狽不堪，經常嘲弄於他，钖遠在人屋簷下，奄得不低頭，無奈之下，也只得忍氣吞聲，日子卻實難過，正在傍仿之際，忽一日，見一個和尚，口內叨念著經文，自由自在，大有一見如故，仿若人在天崖若毗鄰的感覺，钖遠不僅笑著接過他手上的經書，說聲：'走吧，同你去來。'以是放下家小，投寺廟裏去了，和尚將他帶到東北的一座寺廟裏，剃度齋界。

由於齋飯難咽且人生地不熟，什麼粗重活都要幹，只十來天功夫，已經大不能勝任，想來和尚活也是難熬的，已是即時還俗改行。且剛好附近有軍隊在收員，就被收編了進去，曹錫遠因為幾次邊陲戰鬥都機敏有加、勇猛過人，上級表揚，升級為大士準將之銜。生活安定下來後，就接了妻翁氏，此時小丫頭杏兒已被賈意存娶走，無奈之下，只得另買一個薏兒做丫頭，兩人一起居住後，喜的是一年半載後，二人又生下一個兒子，取名叫曹振彥，長大後參軍，青出於藍，比他父親更加勇猛且屢戰屢勝，最後在佟佳皇婿帥下，做一名神武將軍，至退休時，康熙大帝念其功勳，配地分房，封其為曹國公。

情僧第三：曹爾正

曹爾正為曹錫遠的次孫，國公曹璽的弟弟，曹爾正本來同是在皇帝身邊擔任要職，前途好地位佳，他生下四個兒子，可謂子孫滿堂遠近頌揚。忽一日，煩倦起來，覺得追隨前皇帝福臨去當和尚更是好玩，這意念不僅越來越熾，終日無精打彩、神不守舍，那日相准機會，把公職卸給大兒子曹承順後，上五臺山出家，靈光長老幫他取名叫做法度師傅。

曹爾正法度師傅每日家習經練武後，要到磨房中椿米，由於他身子本來健壯，所以並不在話下，且覺得椿米的嗤嗤嗒嗒聲，像在奏樂般挺有趣，他人聰明，因此，在腰間系一塊木頭以增加身體的重量後，快速的幹起來，整個寺廟五百多人的米糧，都要依靠他加工，有時也挺累的，然而好寺友法侍、法海有時也來幫忙，二三好友時或下到市集裏去買賣穀種，表演武藝，再買些法器回來使用，所以每天都快樂無猶慮的過活。

法度師傅做了五十來年時，因為身體頭部赤裸裸的幹活，長久結觸米糠，頭皮生了許多穀瘡，好了以後剩下許多疙疤兒。再過不久圓寂後，升天到警幻仙子宮中報到，就以'癩頭和尚'稱之，他曾經大施仙法，把'青梗峰'的大石化為可佩可拿的玉，且以一玉杖為法器，物色引渡凡人得道成仙。人間若有災劫驟降時，庇佑曹家一族的世代安寧繁榮。

情僧第四：曹頫

曹頫是曹寅的侄子，是玄燁即康熙皇帝的內庭宴飲茶房總管，書讀完後就喜歡在和尚堆裏鬧，更喜歡'紅樓夢'書裏面賈寶玉出家這一角色，以至後來氣息略微參差時就去五臺山出家，法名智遠，由於年輕氣盛、身壯力健，寺裏的事樣樣都幹，且幹得歡。吃齋念素、經文繁節樣樣讀懂，每天與大夥習拳練棒，也樂在其中。忽一日煮飯的和尚病了，他主動擔起了煮飯的工作，人人誇他煮的飯好吃，色香味俱佳。有日教導槍棒的師傅回家探親了，他就主動拯持起來，邊練武邊搓商，提高眾人水準。那日山林院門前的上山小徑被雪封了，他就主動帶領一班青年和尚突擊隊，將積雪平朔出一條道路出來。一天清早智遠正在耍拳，見到了山下火光漫天，細看之下，原來是村落著火了，他也首發陣容，帶領院裏的和尚穿牆破壁，救人救火。有日官家搶米，怨聲四起，智遠就站在群眾一邊，與官家理論退回米糧，平息事件。有日某戶晚上失竊了，智遠就查出做賊之人，窩藏物取出來，歸還物主。有日，水災了，洪水淹到半山腰，他和眾僧趕緊救人，拿起木板和大桶，幫村民撈財撈物，送還村民。忽一日地震了，他和眾僧收拾完院落後，趕忙下去到村莊民眾身邊，幫助扶危牆補漏屋。

周圍百里內外村民都崇拜這位智遠法師，供獻不絕，說他能穿雲破霧，呼風喚雨，使萬物風調雨順。只是在35 歲上，得了場大病，主持知道後，趕忙讓幾個名醫輪流醫治，只可惜病已入膏芒不久而逝，群眾都痛心疾首，每每帶備供品到寺廟禮拜，永遠永遠的緬懷這位智遠情僧。

情僧第五：曹頫

曹頫，又叫連生，是曹寅有在宗人府註冊，皇帝也認識的人，曹寅去世後，曹頫為皇帝康熙器重，特別加冕親自委派為織造府官，希翼能快點還清'南巡'那個賬目。曹頫開頭也是信心十足、精神飽滿的去續做父親的織造官，在所有從民間收回來的布匹完成後，多加些稅收讓眾民負擔去填補虧空，但是'南巡'的花費，如同天上的繁星，而曹頫課減的稅銀，只有數顆星那麼少，一年下來還補交不了 1/9 的數，曹頫和其妻馬氏全家還得喝淡湯、吃剩菜度日，心裏總是懷著一股信念：'我行的, 我能還清債務的'！以此來報答康熙皇帝歷來關愛的心意，以做好臣子的本份，但是大銀出小銀進，天不由人，曹頫再怎麼努力也無濟於事，除非皇帝把這個賬目註銷了方有救，那天曹頫心虛了，再這樣拖下去不是辦法，於是放下事務，由蘇州上了京城，在驛館住下安置妥當後，進了朝庭，見了康熙皇帝後當面訴苦，說江南那份差做不來，那份債更是還不完賬，要求要去出家，皇上早已知道其來意，只怪自己事務繁多，沒有照顧好舊臣的後代而後悔，想了想說：'好吧，你願意出家就去吧！你的後事由朕來負責好了'。曹頫聽後謝了恩，然後，去了舟山群島的南普陀、法雨寺學道去了，只對家裏人說他病死了。

而他到那裏有通觀法師幫他剃度，教他經文、打座、吃素，擺列供品、接待客賓，禮待新丁，閑時幫手挑水煮飯、修補院舍，與眾道人種樹植苗、清潔山門、平整山野，種種工作都試著幹，直到熟練，得心應手，最終成了寺內的一名道德高超、能工巧匠師僧，海內外皆知，皆有傳聞。因為去時裝銀的兩個袋子，及通身都為南巡花盡了銀子，已沒有了銀子，所以同事間人人都稱為'空空道人'，後來見到了曹聖母（脂硯齋）的'石頭記'，與自己空空道人的身世很相同，遂抄了一份去人間問世傳俗，成就了大正果。

38

情僧第六：曹頫

皇帝玄燁在江南的心腹就是曹頤，曹頤去出家後，因為還沒有後代接手，空出來的位置怎麼辦？皇帝也自有辦法，首先讓曹頤堂弟名喚曹頫的過繼過來，然後特別任用為織造官員。曹頫當然願意，為了報答皇上的器重，快樂努力工作著。不久誰知朝庭更替，康熙因為離世，雍正稱帝，這雍正即胤禛，由於自小懦弱，排行第四，小時人材看去不展眼，性狀低迷無奈，在眾傑兄弟面前，他也自覺不如人，一世權作填充的料子，所以他採用韜光養晦的謀略，又信奉佛教，希冀佛光來為他遮護，就選了靈通寺掛了名，邊讀書邊誦‘道’，被眾王子允禔、允祀、允裪、允禵等嘲笑是個虛和尚，他自認了，毫不在意，也沒往心裏去，以至被眾王子們貶譏得深了，只得背地裏去撒幾滴淚。哪知道天意難測父皇康熙在二次廢太子後，皇位不濟，沒了明確的接班人，對胤禛的政敵如允禵、允祉、允禟、允䄉、允䄉等，都或派發疆域，或關押看守，王子一個個落難致使京都空蕩，卻正是他瘦馬馳聘縱橫之時。這樣的環境和好時機，再蠢的人，也會招徠靈感，也真的是胤禛心目中的佛祖在替他顯靈，他相准機會還了俗，糾結掌握京城實權的隆科多，又籠絡在西北帶兵的年羹堯，三人合力鎮住所有政敵。一時病中的康熙帝，身邊只有胤禛一人理政和纏繞著他轉，所有其他皇子皆圈禁著不能靠近。以至康熙亡故後，胤禛在無政敵爭奪下獨得了政權，參與‘九子奪謫’者，皆被下了獄，情節嚴重者如八阿哥、九阿哥皆令其自盡。

隨後，胤禛卻有心佈置全國慶典，眾臣擁他登基，他母親見他做事心狠手辣，只扮陌生人不理胤禛，時為雍正。

朝庭臣眾包括曹家，先前都沒有去巴結他，他也視眾官為無物，胤禛一旦稱皇，哪容曹家快活，必然無中生有來整曹家，先是說曹頫的報告內容對皇上不尊重，次而說他家做出來的布料，做衣服穿起來後即褪色，又下旨派員對曹家財物進行點核，一再申斥其沒有按時還銀，最後乾脆以曹頫的員丁騷擾驛站為由，對曹頫下旨抄家。雍正為了鞏固政權二親不認，排兄棄弟，自身心靈也並無安寧之日，以是仍懇誠的燒香拜佛，後來被十四阿哥允禵（賈環－環字包著十四王字樣）看出其破綻，合夥馬道士，將胤禛獵殺於無形。

可憐曹頫入獄枷號，稍後被敲斷了腿，其母、其妻尤氏、兒子曹棠村，此時都受到巨大的折磨。出獄後萬念俱灰，後因厭世曹頫出家於南海南普陀，因此別稱‘跛足道人’，後來得道升仙後，癩頭和尚、跛足道人一僧一道，二者同在警幻仙宮中，跛足道人曹頫以‘脂硯齋四閱重評石頭記’一書為本，經常口中念念有詞，庇佑曹家一族。

‘脂硯齋四閱重評石頭記’語言素而雅，故事幻而奇，這就是原作原貌了，至親曹雪芹則加了‘蒙太奇’原素，完全修改成功，易名‘紅樓夢’，同時代人朋友富察明義說：‘看過百二十回抄本’，並作了二十首詩紀念，這些都是後話，富察明儀章節有更大更多篇幅再作說明。

情僧第七：曹（吳）玉峰 '畸笏'

畸笏（諧音玉峰）真名就叫做曹玉峰，曾是康熙皇帝的幕僚清客，經常在國家事理上獻功立策的人，皇帝行事，部份要假這幫人去完成，所以還是為皇帝器重的，他們有別於太監，規制比太監高許多，可以說畸笏他們拿捏著國家的命脈，就這樣工作生活紅火了一大段時間。也是康熙皇帝去世，當朝變故，接著的新皇帝即是雍正，雍正遣散了舊幕僚清客，組建了屬於他的新貴。此時的曹玉峰如同落葉飄零，取筆名叫 '畸笏'，意思是他曾經拿著笏板的局外人，也時時懷念著，舊時的康熙皇帝所給他的極大權利和幸福。現在終日無所事事，只在他的社交文明圈裏謀嘴皮，繼續影響著眾望。

後來弟弟曹頫，侄兒曹霑（曹雪芹）、曹棠村、杏齋，他們要以幻世手法、高強藝技，結合社會現在特徵，由寫藝全才的曹雪芹執筆改寫‘石頭記’為‘紅樓夢’，曹頫，侄兒曹棠村、杏齋、等都以批書者自居，曹‘吳’玉峰（畸笏）欣羨之下也加入批書，在整個書作圈子裏，是壽命長的人，是最後一個去世的人，是最終保管有原版、改版和以吳玉峰取名‘紅樓夢’的人，因為覺得各人物慘劇和最終抄家故事，太唐突朝庭了，很難原樣出版，以是讓曹母將後四十回的人物口氣調溫順些，抄家規模也沒有那麼大了，抄家後又有翻悟出人頭地之日，讓皇帝看到了喜歡，為日後有機會出版留下餘地。因他立地修身，也去五臺山出家，出家前是將‘紅樓夢’的最終保管權留給曹母，傳承和由曹母全權出版的人，此又是後話。

情僧第八：曹棠村

曹雪芹、曹棠村家族也曾有個光天普照、閃爍歷史長河的曹操皇帝，要掛鉤的話曹操、曹雪芹、曹棠村絕對是同譜，都是天上名人，地下找不到的那種人。曹棠村是曹頫的兒子，曹雪芹的堂弟，雪芹做了‘風月寶鑒’棠村就寫出‘序’，雪芹做了‘紅樓夢’棠村就批書，兩人在文學上頭都很合作默契。在生活中一樣幽默詼諧，兩人在一起的時候，雪芹總是笑吟吟潑天撒地的為堂弟講故事，風趣逗樂終日不倦，堂弟老是默默無聞細細聽著，像老成的戲班頭目，擺好舞壇，拉開帷幔，任由表哥談吐揮灑，評古論今，時或遞杯茶，時或送一把花生，融恰的空氣再和洽不過了，真是兄不能沒弟、弟不能沒兄的最好的親情關係啊！這種特殊的親情關係，從‘紅樓夢’作者和批者的字裏行間，也能看得出那種微妙的感情來。

後來棠村家庭竟然被抄，雪芹眼看堂弟依附在他家一段
時日又流浪失所，心疼不已，棠村落難的一系列行為，
撼動了大師雪芹。棠村的心聲，直接拉動了雪芹大師創
作‘紅樓夢’的偉大信心，是堂弟的身曆輔佐表兄的
‘紅樓夢’，到達穿雲破霧、高不可求、直踞火星的地
步。

堂弟棠村又毅然決定去出家做和尚，在五臺山寺廟裏住
了一段時日，由於經過抄家這起重大社會事件的致命打
擊，身體越來越差、越來越弱，聖人最終去世，曹雪芹
寫完‘紅樓夢’，又用‘紅樓夢’偉著，紀念這一位他
最喜歡的堂弟‧‧‧‧‧曹棠村。

情僧第九：富察明義

明琳、明義兄弟，都是皇家的親戚，也是雪芹的姻親加好朋友，明琳是親手接過天才大師曹雪芹‘紅樓夢’原著的有福之人，他和明儀看了都非常喜歡：

佳園結構類天成，快綠怡紅別樣名。長檻曲欄隨處有，春風秋月總關情。怡紅院裡鬥嬌娥，娣娣姨姨笑語和。天氣不寒還不暖，曈昽日影入簾多。瀟湘別院晚沉沉，聞道多情復病心。悄向花陰尋侍女，問他曾否淚沾襟。追隨小蝶過牆來，忽見叢花無數開。盡力一頭還兩把，扇紈遺卻在蒼苔。侍兒枉自費疑猜，淚未全收笑又開。三尺玉羅為手帕，無端擲去又拋來。晚歸薄醉帽顏敧，錯認猧兒嗔玉狸。忽向內房聞語笑，強來燈下一回嬉。紅樓春夢好模糊，不記金釵正幅圖。往事風流真一瞬，題詩贏得靜工夫。簾櫳悄悄控金鉤，不識多人何處遊。留得小紅獨坐在，笑教開鏡與梳頭。紅羅繡纈束纖腰，一夜春眠魂夢嬌。曉起自驚還自笑，被他偷換綠雲綃。入戶愁驚座上人，悄來階下慢逡巡。分明窗紙兩珰影，笑語紛絮聽不真。可奈金殘玉正愁，淚痕無盡笑何由。忽然妙想傳奇語，博得多情一轉眸。小葉荷羹玉手將，詒他無味要他嘗。碗邊誤落脣紅印，便覺新添異樣香。拔取金釵當酒籌，大家今夜極綢繆。醉倚公子懷中睡，明日相看笑不休。病容愈覺勝桃花，午汗潮回熱轉加。猶恐意中人看出，慰言今日較差些。威儀棣棣若山河，還把風流奪綺羅。不似小家拘束態，笑時偏少默時多。生小金閨性自嬌，可堪磨折幾多宵。芙蓉吹斷秋風狠，新詒空成何處招。錦衣公子茁蘭芽，紅粉佳人未破瓜。少小不妨同室榻，夢魂多個帳兒紗。傷心一首葬花詞，似讖成真自不知。安得返魂香一縷，起卿沉痼續紅絲？莫問金姻與玉緣，聚如春夢散如煙。石歸山下無靈氣，縱使能言亦枉然。饌玉炊金未幾春，王孫瘦損骨嶙峋。青娥紅粉歸何處，慚愧當年石季倫。

以上每四句為一首詩，寫在'綠煙瑣窗集'裏面，是明義讀'紅樓夢'後寫出來的史前作品，脂硯齋'紅樓夢'正是這個作品內容，而曹雪芹'紅樓夢'修改了的藝術價值，遠遠高於這些，因為這只是部分內容的折射，但卻是有礙語，無法放心出版的 120 回作品，後四十回再由曹母（脂硯齋）修改續寫。

再說這個明儀是傳抄原著的第一手大貴人，明儀、裕瑞他兩對‘紅樓夢’的出版是有天大卓著貢獻的。他很喜歡追隨作者圈子裏面的人物，看完曹雪芹‘紅樓夢’原版，抄錄了一份親友間隨時觀看欣賞，愛不釋手，又寫完出版‘綠煙瑣窗集’後，明儀也去五臺山出家做和尚，完成從小的夙願，且有了正果，遠近眾民紛紛傳頌不斷。

情僧第十：程偉元

程偉元約 1741－1820 年間，是宋朝名人程頤之後，祖籍河南，中過舉人後多次想攀升進士，皆不成功，原因是他醉心於刻印出版'紅樓夢'去調息時間，他家最能與曹璽、曹寅、曹頫圈子裏形成姻親關係，據裕瑞說：'在'紅樓夢'出版那天，請到了曹母的書信作為信物。'這個現像說明什麼，其實道理很簡單，我們從心理角度去想一下：「石頭記—紅樓夢」最具有權威性、最喜歡它趕快出版出來與公眾見面的會是誰家？無疑是曹家，否則就不需要'脂硯齋四閱再評石頭記'和曹雪芹的披閱十載增刪五次了。在出版方面，皆因口氣太烈、風氣太強，沒機會出版遷延下來，但是要無限止的等待，也不是好辦法：曹府決定要修改'紅樓夢'，要把後四十回反映的社會事件寫淡一些，人物悲劇結局寫輕鬆快意些，但這樣一改就前文不對後尾了，唉！顧不得那麼多了，這個任務就落在了較晚才去世的曹母身上了。那麼‘紅樓夢’改是改了，且改得前後不一，但還是沒有機會出版出來，直到曹家知道程偉元有一間用來刊刻出版的萃文書屋。以是，一百二十回‘紅樓夢’最終決定由程偉元來出版，雖然把部份說成是鼓擔上買得的，但是沒有那種便宜事，那是為了避風險的藉口。他所以能輕鬆成功出版，就是他家藏有百二十回‘紅樓夢’的最佳佐證，是‘紅樓夢’出版印刷曹家的代理人，前八十回還是聖人曹雪芹修改過的。小時候總聽到‘程朱理學、程朱理學’而程偉元是‘程朱理學’那個‘程’姓的 31 代孫，是個天才之後，骨子裏是充沛著名人氣的基因，無日無時不想著去做一番閃耀中華的偉業，他最終選擇曹家收藏的‘紅樓夢’，因為‘家藏’它有一種祖上親戚的委託力，因為這種委託力而不能隨意修改。

寫到這裏，問題一大堆了：（1）憑他的天才學問他完全有需要出版一本原作曹家祖上傳下來的‘紅樓夢’，而不是非原作的‘紅樓夢’，即知是非原作，後四十回怎會怕修改？（2）憑他的天才學問，從貨擔收來的？是些不對譜沒順理成章的非‘紅樓夢’的原始文字，夢裏的結局不同與人物的命運結局也不同─這也就相信了，並肯付出一大筆銀兩出版出來。（3）憑他的天才學問，知道命運結局不同，貨擔中廉價東西，程偉元這個文學出版大師，為什麼不修改到相同才出版，與他出版的原意不符噢！青出於藍，他出版的書應該比其祖先程頤出版的書，更珍貴更有覆蓋中華民族的真正‘紅樓夢’華章啊！

‘紅樓夢’在當年社會，民眾都知道是出自曹雪芹之手，雖然作者已逝，據裕瑞說續書又有 6 種皆文不對題的作品，民眾信哪個呢？曹家的曹母有辦法，在程偉元出版‘紅樓夢’的當日，曹母的家信印證給民眾看，或有曹家的人在場，曹家支持這個‘紅樓夢’在程偉元的書屋裏出版，‘紅樓夢’的出版，完成了曹雪芹、曹頫、曹玉峰等人的生前夙願，‘紅樓夢’的出版是曹家的大喜事，是程、高的大喜事，是以此屏棄其他續書的大舉措，從而證明瞭歷史上，只有這本經曹母修改成與社會宗旨相近的程高本‘紅樓夢’，才最最代表曹家利益的！民眾因此風傳程高本三百多年，這是曹家的卓著成功啊！是曹家的史無前例的偉大勝利啊！而當年進士出身的張船山有一句誤導世人的絕響是：‘紅樓夢’後四十回，俱高鶚所補’，這句話為什麼隻字不題程偉元名字呢？是官官相護無疑了，從社會折射點來看，所謂

‘紅樓夢’當年只是微不足道的一椿事，為什麼微不足道，作者說得很真實：只提供給人們‘供酒噴飯’而已，是出不了臺沒有印本的，換言之是不值得當年進士（大官）張船山一提的，即有那麼一提也是打官腔、言官話、道假語，完全沒有視‘紅樓夢’為他所需要的正經事、貴價貨來談的，所以，也不要理他，而只有心連著肉的曹聖母，才會去續作‘紅樓夢’，並且交予程偉元，讓他為自己、為曹府出版出來。先從大背景來分晰一下，這個事正最最符合程偉元首選的企求飛馳方位，且能影響中華民族意志的這份出版事業，他日夜翻看‘紅樓夢’，才擔誤他多次考進士不中的理由，而高鶚後來也中進士。換言之程偉元他每日心念著如何來出版‘紅樓夢’的高階，而心淡於爭‘進士’的陋規了，否則以他的資質和素養，是輕易能上到‘進士’座次的，而不致於輸給出書同伴高鶚。

情僧第十一：張宜泉

張宜泉是雪芹的要好朋友之一，歷來的紅學家、紅迷，都通過張宜泉和張宜泉的詩更加拉近與曹雪芹之間的距離。張宜泉的父母也是一個受抄家之災的人家，父母去世後，他是十四、五歲，兄嫂排擠他，為了掏得碗飯吃，只得幫大戶人家放牧羊只，再過二、三年，招攬幾個學生，做了一名私塾教師，一天路過街口，見有人賣畫，人物山石非常生動好看，不僅閒聊了起來，才知道其人叫曹霑，號雪芹，也是一位抄家者的近親屬，對方頭腦靈活，口才了得，欣然約定明天到西山廢憩寺遊玩，雪芹點頭應允，以是，從此二人成了一對要好朋友，更加知道雪芹家裏曾經發生的一些有趣故事：

雪芹的爺爺就是曹寅，曹寅是玄燁即康熙皇帝的伴讀，阿媽是玄燁的奶媽，兩家非常要好，如出一家，曹寅對康熙朝庭貢獻也很大，當康熙剛長大，要掌理朝政時麻煩來了，有一個身材魁悟的武將，長期蹲居朝庭說了算的鼇拜，一時無法退讓，不能容新皇帝主政。已是康熙必須先掃清這個障礙，當下指示曹寅組合一群少年演練習武，接著時機成熟後，皇帝抓緊時機叫來鼇拜，讓這一群少年藉故挑起事端，鼇拜見只是一群少年也不當一回事，打起來後並不分輸贏，但有個問題是‘皇帝’在場，他心裏還是有六分怕的，鬥打時間一長只得認輸，曹寅在此次皇權鬥爭中，得到了頭功。

後來康熙皇帝布署南方巡遊的‘南巡’時，曹寅被安排在老家蘇州當織造官以為內應，聲勢浩大的五次‘南巡’有四次住進了曹寅家，曹寅顧及皇帝的面子，銀子像雪花般花銷開去。下麵是宜泉盛讚雪芹的詩，可見兩人的交往如日月並輝！

愛將筆墨逞風流，廬結西郊別樣幽。
門外山川供繪畫，堂前花鳥入吟謳。
羹調未羨青蓮寵，苑召難忘立本羞。
借問古來誰得似？　野心應被白雲留！

後來，為了悼念先他而逝的聖人、偉大作家曹雪芹，他
也去了五臺山出家做情僧。

情僧第十二：裕瑞

裕瑞是阿巴亥的 6 世孫，是正統傳人，說到裕瑞
（1771-1838），有個規則叫作「現象看本質」，那麼
裕瑞的人像是怎麼樣的呢？先說說'現象'，但是說起
現象來，裕瑞憑印象原味原汁想去出版百二十回'紅樓
夢'的一流品牌，然而危險性特強，被皇帝盯上了，出
版沒能成功。而講到程高的所謂續寫，事隔五十來年，
不是同一教師、不在同一生活圈子，沒有統一的文風，
語言、風俗、地理，甚至思維方式都已經改變了，比如
我寫了這短短的百五十個字，沒有複製、沒有默誦，電
腦突然停機，糟糕！人腦是需要死記硬背幾十到百遍，
才能夠記住這些文字，若沒有這樣做的話，想寫出一模
一樣的文字，是不行的，比登火星還難。程偉元或高鶚
呢，沒有以上提出的條件，誰想隔五十年去修補世界文

化級的作品，誰想續寫文風文字一模一樣的‘紅樓夢’，別說古往今來沒有這種事，世界上也還沒有這種人的，而曹母恰恰都迎合這些條件，是做續書的完人。

裕瑞前面已經說過了是皇才之後，整個身子骨充滿皇統之氣，他祖上遺傳的文化器質，能讓他把一流品牌‘紅樓夢’出版出來，也是極有可能的事。但是，卻被圈禁，讓曹聖母聯絡程偉元、高鶚，將‘紅樓夢’出版了，裕瑞並不知道程偉元能夠成其大事，背後是有曹府曹母的支撐，‘紅樓夢’一下子就出版出來了。又有那麼大的規模， 那麼轟轟烈烈，那麼迅猛，但是裕瑞見了大為不快說："（大意）那不是出於原版，前80回還可混目過關，而後40回就不成樣子了，目不對綱、文不對符。"以是他趕忙大張旗鼓、召兵買馬，再次進行‘紅樓夢’收藏版或者原抄版的一品出版事務，但是，當時皇帝是嘉慶，他並不願意皇室中人的裕瑞參與社會工作，且出頭露面，爭強鬥勝，以是對裕瑞進行打壓直至最後圈禁，隨著裕瑞被圈禁，而沒了結果。

裕瑞他失去自由後，仍然寫出一部'棗窗隨筆'，裕瑞在七維空間，間接的支撐程偉元的優秀工作，不管怎麼說都好，奉獻給中華民族和世界人民最有功德的是曹聖母，其次是裕瑞、程偉元他兩。裕瑞最後幾年光陰，因疾俗厭世而被圈禁在家，而後召來跛足道人，讓跛足道人渡脫他掛名在普陀山，像妙玉一樣帶髮修行在家禮佛，安心於佛教。

以上所提到的曹聖母、曹霑和這些光輝的十二人名字，是最值得中華人民世世代代紀念的偉大聖人和情僧。

書　　　名	紅樓夢十二情僧：新情僧錄	
作　　　者	蕭榮生	
出　　　版	超媒體出版有限公司	
地　　　址	荃灣柴灣角街34-36號萬達來工業中心21樓2室	
出 版 查 詢	(852)3596 4296	
電　　　郵	info@easy-publish.org	
網　　　址	http://www.easy-publish.org	
香港總經銷	聯合新零售(香港)有限公司	
出 版 日 期	2023年9月	
圖 書 分 類	中國文學（曹學/紅學）	
國 際 書 號	978-988-8839-22-3	
定　　　價	HK$108	